母家

池井昌樹

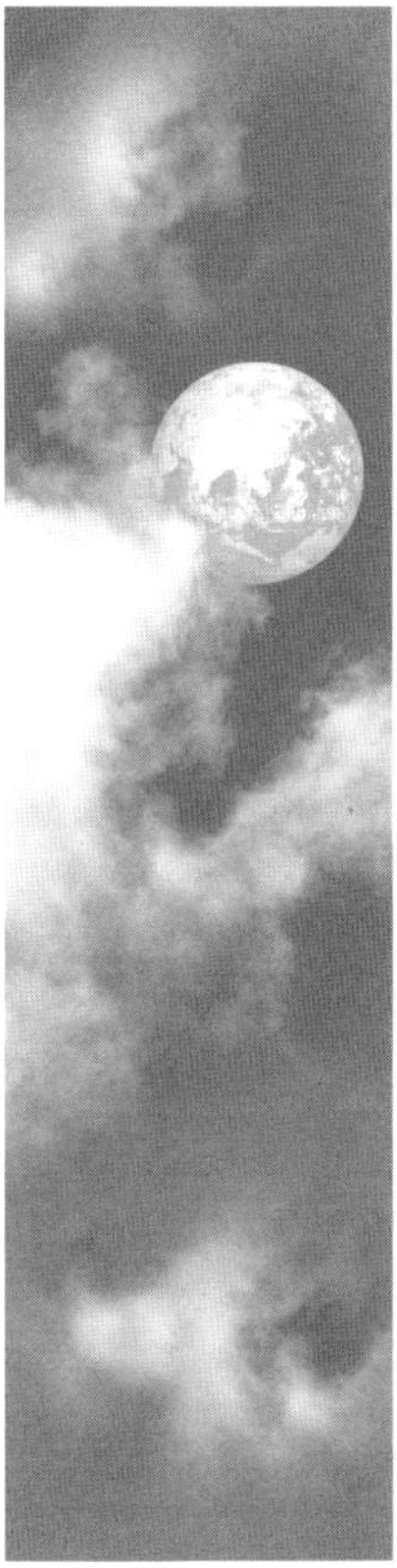

思潮社

母家

池井昌樹

思潮社

目次

装幀＝髙林昭太

母家

池井昌樹

瞳

わたしのむねのおくかには
ひとみがあって
むきあおうともしなかった
ひとみがさえざえみひらかれていて
とがめるでもなくただすでもなく
ひとみがわたしをみつめていて
こんやもわたしはねむれない
みなもにうかぶつきのよう

わたしのむねのおくかには
かなしくふかいひとみがあって
さえざえとただささえざえと
ひとみはみひらかれるばかり
ひとみはなにもかたらない
おおきなあなはうまらない
だまってひとりむきあっている
わたしのむねのおくかから
まれにちらつくゆきもあり
さくらのまいこむよるもあり
さえざえとただささえざえと
てらしだされる
つみとがもあり

月の光

わたしはけだものかもしれない
くらいめをしてかんがえながら
おんなやさけをおもっている
しにたくないとねがっている
わたしはけだものかもしれない
いそじもなかばすぎこしてきた
ひとのかおしてすましていても
はなさきにえさぶらさげれば
たちまちしっぽがおきてくる

べんかいしようとしたこえが
きいきいめすをもとめている
わたしはけだものかもしれない
くらいめをしてかんがえこむと
みみもとで
だれかささやきかけるこえ
それはこえだかささやきだか
かぜのおとかもしれないけれど
それはあんまりやさしくて
あんまりあんまりくるしくて
たえられなくて
おおごえで
だれかよびつづけていたような
それはだれだかだれのかげだか
つきのひかりかもしれないけれど

とこしえに

けれどゆうひはうつくしい
むかしのはなびのにおいがする
ゆうひをあびて
あさきたみちを
いつものようにかえるとき
わたしはむねがいっぱいになる
がくあじさいがさいている
いしころだらけのみちのさきには

だれかわたしをまっていて
わたしはやがてただいまをいい
やがてだれかとゆうはんをたべ
やがてだれかとねむるだろう
まどにあかりがついている
あかりはやがてきえるだろう
とこしえに
あかりはきえてしまうだろう
がくあじさいがさいている
いつものみちを
いつものように
おかえりとまつ
だれかのもとへ
けれどゆうひはうつくしい
むかしのはなびのにおいがする

ゆうひをあびて
とこしえに

こんな日に

とおくのこずえがかぜにゆれ
まれにまいたつとりもあり
いえのかべにはひがあたり
あとへあとへととおざかる
それをだまってみつめている
こんなしずかなひのおわり
こんなひだったこんなひだった
はじめてまぶたをとじたひも

わたしはひとりみちたりて
わたしはひとりはこばれていた
どこへゆくのかどこからきたのか
そらはあかねにはけをはき
あとへあとへととおざかる
それをだまってみあげている
こんなしずかなひのおわり
こんなひだったこんなひだった
はじめてまぶたをひらいたひ
わたしはどこかへゆきたくて
わたしはどこへもゆけなくて
ひがついたよう
なきだしたっけ

こころ

いろいろやりたいことがある
わたしはこころにおいつけない
きょうまたわたしがねむるとき
こころはあかあかおきてきて
わたしのしらないさえずりや
わたしのしらないはなのにおいや
わたしのしらないときめきで
たちまちわたしをみたすのだ

まだまだやりたいことがある
わたしはけれどもさけをのみ
わたしはいやしくいさかいし
わたしはわたしはわたしはわたしは
わたしをたびかさねるうちに
こころはとおくはこばれて
きょうまたわたしをてらすのだ
みずをたたえたこのほしを
そのみちかけを
たゆたいを
だれもしらないかがやきを
いとおしそうに
しんぱいがおで

優しい雨の

やさしいあめのふるあさは
こころもやさしくはずみだす
やさしいあめのむこうから
やさしいだれかくるようで

やさしいあめをうけている
かさにはやさしいあめのおと
やさしいこえをききながら

みんなちいさくうなずいて

やさしいあめのふるあさは
みんなだれかとふたりづれ
みんなだまっているけれど
やさしいあめのふるあさは

柄杓

ひさかたぶりに
あちらがくるので
こちらはあさからおおさわぎだ
このあついのに
ねくたいなんかむすばされ
むすびなおされたりもして
ことことことなをきざむおと
もっとおくでもこととことと

だれかにたきをするおとが
はたとやみ
めをとじて
ひしゃくのみずをうけている
ふるようなあのせみのこえ……
あちらがてのひらあわせれば
こちらもいずまいただしたり
つかのまの
ひさかたぶりの
おうせだけれど
みちたりて
またとこしえのねむりへと
ふるようなあのせみのこえ……

螢

だれかのむねのふかみへと
ひとすじつづくみちがあり
みちのかなたにもりがあり
こんもりとしたもりかげに
ちいさなちいさなひをともす
ほたるみたいないえがあり
それをとおくでみつめている
こんなとおくでみつめている

だれかのむねのふかみから
しずかなみちがながれだし
あくるひへまたあくるひへ
はてないときがながれだし
あかねにそまるそらのした
だれもがひとりたどるころ
だまってそれをみつめている
いつまでもまだみつめている
あんなちいさな
ほたるのあかり

父

からすのたかくそらなく日
ちちにあいたくなって
ヤモタテモタマラナクなって
琴平《ことひら》参宮電気鉄道
ちちのはたらく電車会社の
せんろのうえをいっしんに
いっしんにつたいはしれば
せんろはみるみるあかさびて

せんろはみるみるくちはてて
ひきはがされて
くさぼうぼうのみちどこまでも
どこまでもつたいはしって
ちまみれのあし
なきながら
おおごえで
ただいまあッて
かけこめば
うちなんかどこにもなくて
ちちはとっくにしんでいなくて
ちちとよくにた老爺がひとり
まんてんのした
ぽつねんと

私

わたしはこうしてとしをとり
こうしてぽすとのわきをすぎ
そうしてどこへきえたのか

わたしはこうしてこしおろし
こうしてばすをまちながら
いつものようにかんがえる

そらはうららうらはれわたり
どこにもわたしのかげがない
こんなしずかなあさのこと

甃

おまえのうまれるはるかむかし
ここにはしじんがくらしていた
しじんといってもなんのことやら
かいもくおれにはわからなかった
よつゆにぬれたいしだたみ
よちよちあるきのてをひいて
すあしのままで
たのしげだったなああれは

いつしかぼうやはいなくなり
さんざんまわりにうとまれた
しじんもいつしかいなくなり
きのどくだったがさっぱりとした
さっぱりとした
ひばちのはいをならしながら
はなしてくれたそのひとも
とうのむかしにいなくなり
あたりはかわってしまったけれど
このいしだたみはかわらない
よつゆにぬれたいしだたみ
すあしのままで
あのひのように
あのひ　あのとき　だれからも
わすれさられたわたしのほねが

しらじらとまだ
とんがっていて

星菓

そらからゆきがしずんでくると
あたりにゆきのにおいがこめて
ゆきのにおいはゆうげのにおい
ふろたくにおいとまじりあい
ぼたんゆきからこなゆきに
こなゆきしんしんふりしきり
しんしんしんしんふりつもり
まずしいまちのいえいえの

まずしいまどのどこかには
こどものわたしがもうねむり
どんなゆめみていたかしら
おかしのほしをちりばめた
みたこともないあのおかし
うまれてはじめてたべたよる
こころゆくまでみたされて
それからつきひはふりしきり
しんしんしんしんふりつもり
それからなんどもめをさまし
なんどもなんどもねむったけれど
ねてもさめてもおきられない
ねてもさめてもねむられない
ゆめのありかもわからないから
わたしはおかしをたべねばならない

なにはさておきたべねばならない
ひそかにほしをちりばめた
おもいだせないあのおかし
ゆきふるよるのひとくちを
うまれてはじめて
もういちどだけ

魔法の小函

入学式の寒い朝事件が起きた。私はその朝祖父から仁丹の空き函をもらった。空き函とはいえ当時珍しかったプラスチック製で、玩具ではない大人の道具の手触りがあった。仁丹の残り香も良かった。発条《ばね》仕掛けの蓋を開け小さな穴に燐寸の軸を差しアンテナとした。魔法の、秘密の無線機だ。私の胸は高鳴っていた。勤めに出る父の自転車の後部荷台に坐らされ、私は家族にも打ち明けられない悩みや願いを一心に魔法の小函へ囁いていた。願いは聞き入れられると思った。幼な心にその朝はそれほどまで悩ましく恐ろしい朝だったらしい。願いのせいでか気が付けば入学のための諸道具の入った大切な風呂敷包みは私の手から失せていた。その夜家族の誰彼から厳しく叱責された私の心は身も世もなかった。眠りながら私は幾度も朝の道順を反芻し、落とした場所を探そうとしたようだが、思い出すのは魔法の小函へ囁いた悩みや願いだけだった。幸いにも翌日町内からの通報で風呂敷包みは戻り事無きを得た。長閑かな良い時代だったのだ。遺失物を見付けてくれたのは町内の深切であり魔法の小函の力ではなかった。就中、それは紛失の禍々しい原因でさえあった。しかし、そのお陰で私はあの町の匂いを今でもありありと思い出すことが出来る。暖房などなかった朝のあの胸の空《す》く冷たさを、父の背の温もりを。思い出は書き留めたいと願った瞬間から跡形もない過去を脱して現在を生き始める。現在の私より遙かに若かった父が、私という息子を乗せて懸命にペダル踏み踏み向かおうとしたそれ以降の日々。私には未知の刻々を、跡形もないものたちとともに今つぶさに私が歩む。どんな流行の先端を行く携帯電話にも況し

高性能な、しかし、どんなポケットからももう出て来ない、あれは
やはり魔法の、秘密の小函だった。私の願いは漸く叶えられたのだ。

遅刻

おもいでってなんなんだろう
きのうおとといさきおととい
ひとこまひとこまそのかけら
たちまちひざしのかげるよう
いまがみるみるあとずさり
そのただなかにたちつくす
わたしのかげがとおくのび
おもいだせないとおくから

わたしをふりむきみるような
あしたあさってしあさって
ときのはやてのどのあたり
こんなしずかなひをあびて

願ったことは

いつもの駅で降りいつもの町を行きいつもの塒《ねぐら》へ帰る。町は家族連れでいつも賑わいぼくだけがいつも一人で。今に結婚したら誰より良い夫良い父親になるんだと。でも結婚なんか出来っこないだろうなと。いつものように肩を窄《すぼ》ませ天の河がぼんやり白く映っている運河に懸かる陸橋を昇り陸橋を降《くだ》りもっと淋しい町をてくてくともっともっと淋しい路地へ折れると素足になれるいつもの塒があるのだが。その夜ぼくは影と逸《はぐ》れていずれかは素足になれずもっともっともっともっと淋しい町を行き墓場を匿す生垣を過ぎ知らない方へ知らない方へとぼとぼとこんな所に出て来てしまった。良い夫でも良い父親でも何でもなかった。漸くぼくは気付くのだ。どこにもぼくの影がないこと。願ったことは。

淡紅

ひきかえせないみちのうしろに
ちいさくあかりがもれていて
おはやしなんかきこえていたが
それもだんだんきえてゆき
いまはなんにもみえないよ
ひきかえせないこのみちは
わたしのえらんだみちだから
ひとりゆくほかないけれど

これはみちだかなんなのか
これはわたしかだれなのか
だれがだれでもいいような
それさえだんだんうすらいで
だんだんわたしはあおむいて
あとかたもなくくちはてて
だれもしらないよどみのどこか
うみおとされたおおぜいの
うすくれないの
まどろみのなか

径

つきのひかりのそそぐなか
しらがまじりのそのひとは
さびしいてつきでくしをうち
さびしいてつきでとりをやき
おまちどおさまいらっしゃい
さびしくわらってくれました
しらがまじりのそのひとの
なまえもぼくはしりません

ぼくはそれからそこをでて
それからどこでどうしたか
まいどありがとうまたどうぞ
さびしいてつきでほんつつみ
さびしいてつきでつりわたし
おあいそわらいをうかべます
めもとすずしいわかものは
ふりむきもせずそこをでて
あかりのそとにすこしいて
それからどこへいったのか
つきのひかりのそそぐなか
こみちばかりがさえざえと

径すがら

なんてさびしいひとのよだろう
けれどもうたはのこされるだろう
はらをすかしてくたびれはてて
そばくいにゆくみちすがら
みぞれまじりにしずんできえる
これがひとのよなんだろう
わけてもくらくきたなくおどむ
うたはけれどものこされるだろう

こんなさびしいひとのよに
はらをすかしてくたびれはてて
わたしのうたはいつまでも
そばくいにゆくみちすがら

微光

わたしはどこからきたんだろう
そうしてどこへゆくんだろう
ははとくらしたいなかのうちから
つまとふたりでくらすうちまで
たかだかしれたみちのりを
いままたひとりかえるころ
わたしはもっととおくから
そうしてもっととおくへと

かえりつづけていたような
こんなみにくいひとのよなのに
こんないやしいひとのこなのに
なもないみどりにつつまれた
なもないまちのここかしこ
なもないあかりのともるころ
やがてついえるみにくさに
やがてついえるいやしさに
ついえぬものの
ほほえむような

鬼

だれにもよびとめられないように
だれともであわないように
うつむきがちにあしばやに
ひとごみのなかけさもまた
けれどもよびとめられてしまった
だれよりはやくわけもなく
たちまちみつけられてしまった
どんなにみみをふさいでも

ささやきかけてくるこえに
どんなにかたくめをつむっても
ほほえみかけてくるひとに
ひとごみのなかけさもまた
てれくさそうにこっそりと
そらをみあげているだれか

羊

わたしはどんなかみさまの
ほんとはどんなこだったのか
わたしもおいたはははがおり
つまもむすこのはははおやで
このよはははとこにあふれ
しあわせこのよはふしあわせ
くもとみずとにおおわれて
ぐるぐるまわっているけれど

わたしはどんなかみさまの
ほんとはどんなこだったのか
くもにきいてもわからない
みずにきいてもこたえない
にているようなないような
まよえるけさのひつじたち

星

わたしはいつをいきたんだろう
そうおもったりすることがある
そのいつだかへもどれたらなあ
と
わたしはだれをいきたんだろう
そうおもったりすることがある
そのだれだかにであえたらなあ
と

いまはいつでもないいつか
ここはどこでもないどこか
これはだれでもないだれか
さむざむとゆめみられている
あんなちいさなほしのひかり

一刻

いきてゆくまたいきてゆく
みんなあのひとときめざし
いきてゆくまたいきてゆく
あのひとときをすぎこせば
またつぎにくるひとときへ
そのつぎにくるひとときへ
くもとみずとにくるまれた
こんなささいなほしのどこかで

こんなささいなときのどこかで
なかなおりまたなかたがい
なきながらまたわらいながら
みんなあのひとときのため

茜

どうだったかね
ときかれれば
たのしかった
といいたいけれど
このて
このあし
このいのち
さんざんなやみ

くるしみましたさ
どうだったかね
ときくものは
かんらかんらのたかわらい
わたしをぺろりとたいらげて
やや
しあんがお
そのて
そのあし
そのおなか
こっそりさすってみたりするのだ
わたしにみられているともしらず
あんなところで
あかねにはえて

ほろびのぽるか

あかねのそらがはらをみせ
どんどんながれるものだから
おれもどんどんかけてゆく
あいつもこいつもかけてくる
ああまいかりんもふきとばし
すっぱいぱんだもふきとばし
おれはおまえについてゆく
いまにあらしがくるだろう

いまにこのよはおわるだろう
でもそんなのかんけいねえ
でもそんなのかんけいねえ
おれらほろびのたみだから
もともとほろびるやくそくだから
くろくもよりもくろぐろと
よろこびいさんでほろびゆく
おしあいへしあいほろびゆく
おいつおわれつほろびゆく
ああくもがゆく
おれもゆく
あかねのそらがはらをみせ
どんどんながれてゆくはてに
きんしぎんしのおおたきがあり
たなばたにしきのおおたきがあり

おおよろこびのおおわらい
みんなもろてをたかだかと
まっさかさまに
もろともに

あの人

あのひとはゆきこのひともゆき
このゆめはきえあのゆめもきえ
またなつになりまたあきがきて
あのひとがまたあらわれる
あのかどまがりこのつじよぎり
いまかいだんをおりている
あのひとがゆきこのひとがゆき
このゆめがきえあのゆめがきえ

いつかいつでもないいつか
どこかどこでもないどこか
いのちのかげをくろぐろと
くろぐろとただしたたらせ
だれかだれでもないだれか
あのひとがいまここにひとりで

夜蕾

こんなおじいさんになっても
きれいなひとをみかけると
ついほころんでしまいます
はなであることさえわすれ
ついついうっとりしてしまいます
つめたいしせんをあびたりします
こんなおじいさんになったら
しかられることばかりだけれど

かぜふけば　ほい
あっちむいてほい
ひがないちにちあそびあそばれ
おもいだしたり
なつかしんだり
はかなんだりするいとまもない
ひとであることさえわすれ
ちいさなはながさいています
おじいさんのこころのやみの
どこかしら
いつからか

桃

ふたりはじめてここにきて
はじめておなじやねのした
やねのうえにはゆきがふり
もものはやしにゆきつもり
はじめてはるがおとずれて
もものきに
もものはなさく
ふたりならんでみておりました

なんにもなかったころのこと
なんにもしらずにいたころのこと
それからなにがおとずれたのか
なにをふたりはしらされたのか
もものきに
もものはなさく
もものはやしのあったことさえ
だれもしらないはるのよい
ちいさなまどにひがともり
とこしえにもうあとかたもない
ふたりならんでみあげています
もものきに
もものはなさく

朧

あなたとぼくはめおとだけれど
おさなともだちみたいだね
おたがいとしをとらないね
こどももすっかりおおきくなって
ぼくらのとしをこえたというのに
ぼくらはむかしのまんまだね
けんかしたりなかなおりしたり
うらのはたけのおがわのほとり

ふたりいつでもよりそって
みずかげろうのゆれるなか
きざまれたなも
おぼろだけれど

豆腐

なんのいんがかしらないけれど
あるあさひとりうまれおち
ひとりおおきくなったかお
あるあさひとりめをさまし
ひとりいつものしごとをし
あるあさひとりしんでいた
なんのいんがかしらないけれど
けさはとうふのみそしるだった

本人

ほんにんならばいたってげんき
あさはあさぼしよはよぼし
わがやへかえるそれだけが
さんどのめしよりたのしみで
おんなぐせほどもてもせず
さけぐせだけがたまにきず
ほんにんはそうおもっていても
きずならまだまだほかにあり

まわりにめいわくかけがちの
こまったおとこだったなあれは
きれいさっぱりはいにされ
こんなちいさくなってしまって
ほんにんはでもいよいよげんき
くらいよみちをよみじへと
ひとりいそいそわがやへと
どんなにたのしかったか　だとか
どんなにさびしかったか　だとか
あとかたもないあたまのうえに
まんてんのほしちりばめながら

初夢

はつゆめをみた
おそろしいゆめ
まさゆめだったらどうしよう
つまはわらってとりあわなかった
おさないものらもわらっていた
わたしもわらってわすれていたが
まさゆめだった
ゆめでよかった

空き瓶のまま

いつかわたしはうちのどこかで
ならくのほむらをみたような
それはとけいのもじばんだったり
こるくのとれたあきびんだったり
けれどまぎれもないれんごくが
わたしをみもよもなくさせた

いつかわたしはうちのどこかで
てんしのつえをみたような

それはひのさすかあてんだったり
はしらのきずのあとだったり
けれどまぎれもないまばゆさが
わたしのむねをいっぱいにした

いつかちいさなものたちも
おおきくなってすだっていって
いまはふたりでくらすうち
いまもちくたくときがゆき
あきびんは　あきびんのまま
はしらのきずは　きずのまま

たいくつがおのかあてんが
ときにあやしく
めくれることも

昔

むかしのなかったあんなころ
ぼくはごはんをたべていた
むかしのなかったあんなころ
ぼくはゆめみてわらっていた
むかしのなかったあんなころ
ああいきていたいきていた
ぼくはいまでもごはんをたべて
いまでもゆめをみるけれど

むかしのなかったあんなころ
むかしむかしのあんなころ
ぼくはしみじみおもいだす
むかししかないこんなよる
ひとりしょんぼりうなだれて

良夜

ちんちろまつむしむしのこえ
むかしだれかとうたったけれど
だれかはとっくにいなくなり
すっかりあたりはかわりはて
ぼくはむかしにひとりきり
ちんちろまつむしきいている
まだあけやらぬなかぞらの
はるかたかみにつきがあり

もうあけやらぬあたらよは
ちんちろまつむしむしのこえ
うらのはたけでなきだした

人さらい

さけもたばこもおんなもしらない
ぎんだまてっぽうてにもって
ぼくはなにしていたんだろう
うちのなかにはおおぜいの
やさしくこわいものがいて
いうことをきかなかったら
しらないどこかへさらわれるから
ぼくはたよりないこどもだから

ただただそれがおそろしく
やさしくこわいものたちと
はぐれることがおそろしく
けれどもいつかうちをでて
いつかしらないみちをゆき
だれにもいってはいけないよ
しらないこえにさそわれて
こんなとおくへきてしまい
さけやたばこのあけくれに
おもいだせないかえりみち
おもいだせないどこからか
だれにもいってはいけないよ
あのこえがまだみみもとで

夜汽車

むかしのたびはたいへんだった
じこくひょうとくびっぴきでも
ひとたびのりまちがえたがさいご
おもわぬところへつれてゆかれた
せんろはかがやきからみあい
かえってこれないところもあった
むかしのくろいよぎしゃのなかは
かえってこれなくなったもの

これからそうなるものでこみあい
よぎしゃのまどはすみわたり
いつでもよぞらへつづいていた
まどのよぞらにほおあてながら
いつしかねむってしまったものは
あれはぼくだかだれだったのか
ゆめからさめたこどものように
ぼくはいまでもおもうのだ
もうかえらないもののこと
もうかえれないぼくのこと
よぞらにひとりほおあてて

天の原

はもみがかないかわいいくちで
うたうたっていたわらっていた
みんないちにちかんでいた
わらびもちでもおこのみやきでも
ふねのそこまできれいになめた
ぼくらはいつもうえていたから
たべられるものたべられないもの
なかのよいものわるいもの
えんぴつだってけしごむだって

とにかくいっぺんかんでみた
すききらいなくかんでみた
おいしいでなくまずいでなく
あたりはいろんなあじにみち
あまのはらのよう
ぼくらもさんざめきながら
だれもおいしくなんかなかった
あさなゆうなにはをみがき
すいもあまいもかみわけて
けさもようじをくわえつつ
ふりさけみれば
だれなんだろう
はもみがかないかわいいくちを
とんがらせ
ものもうすこがひとりいるのだ

虹の彼方

あそこをわたしがあるいてゆく
たのしげに
さもたのしげに
それをよこめでにらんでいる
にくさげに
さもにくさげに
のばなであんだくびかざり
わたしはまるまるこえふとり

あのやまこえてたにこえて
にじのかなたへきえてしまった
にじのかなたへきえてしまった
わたしをおもいだしながら
こんなならくのそこなしの
まっくらやみのどのあたり
わたしはひとりあきらめている
わたしはあきらめきれないでいる
つきが盈《み》ち
またつきが虧《か》け
ひとが往《ゆ》き
またひとが生《あ》れ
はなやぐまちのかたすみで
いらっしゃいませこんにちは
こんなにとしをとってしまった

竜の玉

東京から故郷へ尻尾を巻いて逃げ帰っていた頃、私は坂出《さかいで》サイロという海辺の穀物貯蔵庫で働いていた。二十四歳だった。昼休みに鯔《ぼら》を釣ったりする長閑かな職場だったが私は機械に馴染めず、大麦と小麦の放出釦を押し間違えたりして得意先にも職場にも散々迷惑掛け通しだった。にも拘らず被害意識の強い性格は仕事そっちのけで詩を書き続けることでのみ辛うじて情緒の均衡を保っていた。思えば甘い青春だった。ある休日私は内田百閒のある小品を読み忽ち感化され、頭をボーズにしてやろうと思い立った。ほんとにこれでいいのかいと何度も念を押す床屋を尻目に五分刈りでなく五厘刈りにしてもらうと鏡の中に青々とした大入道の頭が現れた。私は床屋を出て初任給で買ったばかりのスポーツタイプの自転車に跨り意気揚々と近くの山へ向かった。私は頭が巨大な上に眉が薄く切れ長の目と目の間が極端に広く、情緒障害のせいで体重が百キロ近くあった。坊主頭のそのような若者が昼日中からボロボロの作業着を纏いピカピカのスポーツ自転車に乗りミシミシと人気《ひとけ》ない山道を行く姿は想うだに悍《おぞま》しい。案の定パトカーが何処からともなく現れ粛々と追尾を始め、否応なく私は何処へともなく粛々と逃亡を始める構図となった。不審尋問を受け放免された後も私は屈辱と憤りに身を震わせながら帰宅し、早速坂出署に電話で厳重抗議を申し込んだが体良くあしらわれてしまった。しかし、パトカーならばこそ追尾してくれたのであって、その背後には遠巻きに眉を顰《ひそ》める無言の近隣の、世間の目があったに相違ない。私は恥ずかしい。詩人とは提灯を下げ異郷の畦道を独り行く流人のような。今は亡い詩人山本太郎の言葉が今は心に深く沁みる。私はその日何一つ悪事を働いた覚えはなかった。私はその日何処かの山の何処かの草原で一人寝転んでいたかっただけだ。空行く雲を見ていたかっただけだ。しかし、それこそが世間にとっては悪事であり、それゆえにこそ詩とはただ秘めるほかない竜の玉だったのだ。あれから東京へ出戻って三十余年という歳月が過ぎた。気持ち良い雨後の陽の差し込んでくる朝、勤務へ向かう電車の座席で私は肩窄《すぼ》め目を閉じて今も空行く雲——竜の玉を想っている。閉じた瞼を透かしてそれは眩《まばゆ》く絶え間なく結ばれ千切れ已むことがない。

雨後

あめにぬれたろめんが
そらをうつしてとてもふかい
このみちをどこまでも
どこまでもゆきたい
また宿酔のあたまをかかえ
いつものよごれたまえかけをしめ
うつむきあゆみぼくはおもう
なにもかもかなぐりすてたい

わきめもふらずにおりたい
まぶしくちぎれるくもになりたい
しごとへもどるつかのまの
つかのまだけれどはてしないみち
このみちをどこまでも
どこまでもひとりゆきたい

町の本屋

わたしがうまれたばかりのころは
それはしずかなまちでした
ぱんやさんやおもちゃやさんや
くすりやさんやとけいやさんと
のきをならべておりました
しずかなしずかなそのまちに
おじいちゃんやおばあちゃんや
おとうさんやおかあさんや

そうしてちいさなものたちが
かたよせあっておりました
ちいさなちいさなものたちが
いつかちいさくなくなって
いつかちいさなてをひいて
それはうれしいことでした
それからずいぶんときがたち
ぱんやさんもおもちゃやさんも
くすりやさんもとけいやさんも
もうあとかたもなくなって
おじいちゃんでもおばあちゃんでも
おとうさんでもおかあさんでも
ちいさなものでもないものたちが
あさからよるまでさわいでいます
よるがふけてもさわいでいます

よるがあけてもさわいでいます
それをだまってみつめています
わたしのめももううすくなり
むかしのことぞしのばるる
いつかわたしもあとかたも
なくなることにかわりはないが
あるはれたあさ
めずらしく
かわいいおとこのこのこえが
おかあさん
ここ
にっぽんなの
げんきよく
けれどみけんにしわよせて
やさしいてにてをつながれて

ふりかえり
またふりかえり
とおのいてゆくうしろすがたを
ひとりだまってみつめています
いらっしゃいませこんにちは
このまちでうまれそだって
このまちでいきてきました
わたしはまちのほんやです
みよりたよりはありません

母家　後記にかえて

ヒトは誰も何時か跡形もなく失われます。しかし、誰の中にもあるむかしながらの満月――詩は、個の死を超えてその先へとこしえに渡り続けます。その思いが私にこれらを書かせました。前作『眠れる旅人』を経てこれらと出会い、これらを書いて行く日々の中で、私は次第に深く解き放たれました。何処がどう解き放たれたのか。わかっていることがあります。此処に収めた四十二篇は、昨日までの私をも含む一切の過去がもう立つことはない今朝の沙上に、私の刻した初めての足跡であること。直き波に消し去られるにせよ、その足跡が何処かへ向かおうとするらしいこと。それが何処だかわからないにせよ。

池井昌樹

池井昌樹

一九五三年香川県生れ。

詩集

『理科系の路地まで』　一九七七
『鮫肌鐵道』　一九七八
『これは、きたない』　一九七九
『旧約』　一九八一
『沢海』　一九八三
『ぼたいのいる家』　一九八六
『この生は、気味わるいなあ』　一九九〇
『水源行』　一九九三
『黒いサンタクロース』　一九九五
『晴夜』　一九九七
『月下の一群』　一九九九
『現代詩文庫164　池井昌樹詩集』　二〇〇一
『一輪』　二〇〇三
『童子』　二〇〇六
『眠れる旅人』　二〇〇八

母家《おもや》

著者
池井昌樹《いけいまさき》
発行者
小田久郎
発行所
株式会社思潮社
〒一六二―〇八四二 東京都新宿区市谷砂土原町三―十五
電話〇三（三二六七）八一五三（営業）・八一四一（編集）
印刷・製本
創栄図書印刷株式会社
発行日
二〇一〇年九月三十日